A tous ceux qui ont été importuné par des corbeaux, pas par mes amis volatils, mais par ceux qui dans l'ombre, sans courage macèrent leur fiel.

Egalement aux emmerdeurs qui téléphonent n'importe quand, prenant du plaisir à distance, sans se rendre compte du mal qu'ils peuvent faire, également à ceux qui vendent n'importe quoi à n'importe quelle heure.

© 2019, Pascal Schmitt

Edition : Books on Demand,
12/14 rond-Point des Champs-Elysées, 75008 Paris
Impression : BoD - Books on Demand, Norderstedt, Allemagne
ISBN : 9782322127238
Dépôt légal : Janvier 2019

Pascal SCHMITT

Noir Corbeau

Après ma longue maladie, je retrouvais enfin la liberté, l'équilibre et un peu de sérénité. Les noirs moments s'étaient estompés laissant un ciel moins gris se découvrir à l'aube d'une vie qui ne serait plus jamais comme avant.
La prison, mon corps l'avait tissée dans sa propre fibre nerveuse, tout en moi, me dévorant. Il m'avait joué un vilain tour, et c'est avec force et volonté que je dus contrecarrer ses dessins et accepter que l'homme en blanc me libère de son scalpel.
Je retrouvais, d'un pas chancellent, la nature, l'odeur de la mousse, de l'eau stagnante, l'herbe libre de se secouer en tremblant d'émotion, un indéfini frisson après les furtives ombres de la nuit.
Je cheminais le long de l'eau, l'esprit en paix, retrouvant mes sensations, ma terre, mes joies, la folle liberté des sens, le mouvement,

les pensées débridées. La terre humide fouillée par les animaux, digérée par une foule d'insectes, travaillée par le dégel, la sécheresse du vent, le pas des bêtes recevait mon désir d'émotion et de vie. Je jubilais, mon âme flottait heureuse. Je retrouvais mon marais ses herbes folles, le carex caressant les ombres des grands arbres, seigneurs de la sylve la force des êtres que l'on dit inanimés, et pourtant ils dressaient leurs branches décharnées désirant plus que jamais le bleu du ciel. Les brumes de leur manteau laiteux apaisaient la douleur de leurs écorces torturées par le gel hivernal. Tout s'animait, la faune et ses amis, les immobiles gardiens de l'âme sylvestre se penchaient sur l'onde tranquille des sources phréatiques qui alimentaient les vieux bras morts du Rhin. Témoins d'un passé oublié, ils coulaient d'une eau limpide et tranquille. Les âmes s'élevaient de l'onde et pulsaient leurs soupirs cristallins, les premières feuilles se défroissaient, quelques petites gelées sans danger, et l'hiver enfin serait vaincu. Les premiers canards sortaient de leur torpeur hivernale le plumage ébouriffé en s'essayant de se redonner un peu d'allure. Chevaliers des marais, se faire beau, mériter sa belle, choisir une touffe et installer son nid pour pérenniser sa descendance. Le cri d'un héron me fit tressaillir. J'étais heureux de ressentir à nouveau toutes ces émotions. Les odeurs mouillées émanaient de la terre, la mère nourricière riche et féconde promettant aux graines de pousser dans la calmante glaise ou des pattes meurtries avaient trouvé un baume apaisant, moi j'y avais laissé ma trace d'humain. Je communiais avec ces éléments. Je m'étais échappé des griffes du mal, de la douleur biologique qui m'avait atteint tout au fond de moi jusqu'à mon âme de poète. Mais ces moments grandioses allaient contribuer à évincer les dernières pensées noires et me faire à nouveau rêver.

Souffrir, pour comprendre que lorsque l'orage électrique de la douleur vous aurait quitté certaines valeurs deviendraient subtiles. D'un substrat, base même des détritus, décomposé de chair de feuilles, de graines, de matières ligneuses, peu de choses en fait, la vie allait s'y développer poussant ses branches jusqu'à l'azur.

Un cri rauque me sortit de mes pensées. Immobile, la nature s'était refaite et des foulques turbulentes se chamaillaient à nouveau, la sylve même m'avait oublié et je faisais à présent corps avec tous ces éléments.

Une barrette ? En dehors du chemin, une femme s'était-elle aventurée ici rêvassant au bord de l'eau, cherchant des fleurs, des morilles, non ce n'est pas la saison, et la barrette n'était pas rouillée. Des fleurs, ou peut-être la femme d'un pêcheur; mais l'endroit ne se prête pas à la pêche. La berge est trop élevée, il y a trop de haies, il s'y prendrait les cannes, et puis, ils ont leurs coins. Les pêcheurs aiment un petit ponton, un endroit pour poser la canette, le parasol, tout un art, une tradition. Le poisson est accessoire, l'important c'est se reposer, se détendre. En fait un point commun et un but commun. J'étais également venu pour me reposer, me détendre, faire une pause, rêvasser.

Je tournais et retournais cette barrette dans mes doigts, la jeter, non, elle n'est pas biodégradable et pourquoi attirait-elle mes pensées. Je ressentais des troubles étranges, bizarre elle me brûlait le bout des doigts.

Quelques pierres au creux de ma main jouaient des fois cette magie terrestre sans y trouver d'explication. Les ondes, la résonance magnétique des cristaux qui sait ! La barrette, une femme, fantasme. Du déjà vu, au contact de la nature les sens s'éveillent. L'air pur les senteurs, le retour aux éléments de base aiguisaient mes réflexes de tout ce qui peut perturber, parfum, pollution, bruits parasites, stress.
Un petit vent frais avait ridé la surface immobile du miroir cristallin, il était déjà tard, et on m'attendait. Elle respectait ma liberté et acceptait mes sorties, on ne peut s'en séparer, mais arrivé une heure... Je l'aimais au point de respecter ce petit contrat, mais il me fallait un

événement naturel pour que je me rende compte de l'heure, un petit vent, le soleil qui se voile, le ciel qui s'assombrit. Il m'était arrivé de rentrer lorsque le noir avait envahi la nature. L'inquiétude se lisait sur son visage, alors je me disais : soit un peu plus sage une autre fois !

La semaine de travail me parut interminable, j'avais repris goût aux promenades. Dimanche enfin, quelle joie, retrouver la solitude, mon marais, la vraie vie et panser mes plaies intérieures. Tant de mois à douter, marcheras-tu à nouveau ? Tant de gens qui ne s'étaient inquiétés de ma santé, pas un coup de fil et zut ! La vie c'est un peu ainsi, lorsqu'on intéresse, on fait gagner de l'argent, on est une source d'intérêt ensuite on se fait jeter comme un mouchoir usé.

Une douce brise caressait les roseaux, leur panache dressé, oriflammes rangés, franges rognées défaites par le cruel hiver, la fierté excitait ces fiers chevaliers des marais. Guerriers des ombres, amis des oiseaux auxquels ils offrent l'abri et leur perchoir pliant à la brise. Les pluies du printemps lui courbaient la tête mais bousculés par les nouvelles pousses ils se rebiffaient, un éternel renouvellement !

J'avais retrouvé ma place au bord de l'eau, la tête occupée par mes idées, rétablir mes connections et retrouver le vrai goût de la vie.
Mes pensées vaporeuses se dissipaient, j'étais dans mon élément, cet endroit est souvent occupé, je sentais des ondes indescriptibles et pourtant palpables. En ce tout début de printemps, les premières fleurs de cueillette, bouquets, mais bien seules quelques pervenche montraient à peine leur nez tout au plus un début de pétale. Faire un bouquet, bien difficile.
Un couple de cygnes de leur blancheur sifflait dans le bleu en fendant l'air majestueusement, contrastant avec le vert pâle des herbes torturées par le froid de l'hiver. Des haies encore nues et ce vol majestueux, l'amour, la vie renaissante, la poussée de libido reprenait à nouveau, l'espoir.

Depuis un instant sans m'en apercevoir je fixais un mouchoir un mouchoir d'enfant ! Le prenant en main, je me rendis compte que ce n'était pas celui d'un enfant du rouge, du noir tachait ce petit bout de tissu, il avait encore toute sa souplesse, ça ne devait pas faire longtemps qu'il était là. Machinalement je le tournai, un nom dans un coin, soigneusement cousu, Lou, étonnant ce nom. Ca me rappelait mes mouchoirs sur lesquels ma grand'mère brodait mes initiales.

- Ne le perds pas, me disait-elle, en m'accompagnant à l'école.

Vrai, s'il pouvait raconter, larmes, sueur, compagnon que l'on tord d'anxiété, confident des lèvres humides. Ce ne pouvait être le mouchoir d'un enfant, avec cette trace de rouge à lèvres et de ricil, évident. Lou drôle de nom, un diminutif, elle avait pleuré, et que d'idées bêtes traversent la tête. A peine m'échappais-je du monde civilisé que ma cervelle se recentrait sur des détails de tous les jours. Elle nous laisse que peu de liberté la grise.

Retravailler, fallait bien vivre, et après de longs mois de maladie la reprise d'une activité professionnelle ne me dérangeait pas trop, on culpabilise vite et retrouver une vie normale, d'ailleurs le travail est-il normal ?

Le temps passa, les cieux se firent plus cléments et radieux, ces dimanches avec ses sorties, mon petit coin au bord de l'eau et le bonheur d'être dans mon élément me remplirent de joie. Je ne pouvais marcher bien longtemps, ça reviendrait, fallait le temps, m'étais-je dit.

Les pervenches commençaient à pâlir sous l'effet des premiers rayons de soleil printanier, quelle journée, on sentait un parfum d'amour, une ambiance de gaieté, de renouveau, tout

vibrait dans la nature des ondes positive. La place avait été occupée récemment, hier peut-être, l'herbe naissante était encore couchée. Quelqu'un venait ici, sans aucun doute, Lou ? Etonnant comme on arrive bien vite à plonger dans l'irréel, et que c'est agréable de s'imaginer, aller jusqu'au bout des rêves et du fabuleux. Je sortis mon calepin qui ne me quittait jamais, mon pense bête, j'y inscrivais, là une citation qui m'avait marqué, une idée, un détail à ne pas oublier, figer le temps, la mémoire s'envole des fois comme ces elfes. Je griffonnais un petit mot, je m'appelle Axel, je viens souvent ici, rêver, penser, j'ai l'impression étrange que je partage cet endroit avec une femme nommée Lou, je sors d'une maladie, lieu bénéfique, je me ressource ici.
Pourquoi venez-vous ici, les mêmes raisons ? Laissez un petit mot, si le hasard s'appelle Lou, on pourrait essayer de s'entraider, à deux c'est plus facile de s'extirper de cet océan d'incompréhension et trouver la petite île, le rocher où l'on s'agrippe pour reprendre son souffle.

Sur le chemin du retour, je m'en voulu, l'impression d'avoir violé un espace encore vierge. Tu débloques, me dis-je, une barrette, un mouchoir, t'es en manque, les odeurs du printemps auraient-elles enivrées ta tête, pourquoi tout cela, mon instinct de fouineur.

Toujours analyser, gérer, comprendre, malgré que mon autre lobe disait : laisses-toi aller !

Je me sentais mieux dans mon corps, la guérison, l'espoir ? La semaine s'était différenciée des autres, quelqu'un me répondrait, excitation, fantasme obsédant mes pensées, l'attrait de l'inconnu ? J'allais mieux dans ma tête aussi et reprenais goût à la vie, pour preuve : mon enthousiasme à nouveau retrouvé avec ce grain de folie qui pimente la vie. Perdu dans mes pensées en symbiose avec la nature, j'oubliais la notion du temps, malgré la longueur de la semaine passée.

Les semelles enfonçaient la terre des bords du marais, j'étais pressé, attiré par je ne sais quoi de frénétique. J'allais mieux à l'allure que je soutenais, un oiseau s'était effrayé au bruit de mes pas, moi qui avait l'impression de progresser comme un indien en chasse. Déçu, je m'assis. Le petit mot tant attendu... Néanmoins, à bien regarder, un petit bout de papier soigneusement plié dépassait d'une pierre plate posée face au marais.

- Vous devez être un naturaliste, à votre sens de l'observation. Je m'appelle bien Lou, je viens souvent ici, le samedi, essayer d'humer les parfums du soir, la nature qui s'endort, le marais qui s'anime de sa faune nocturne.

Mes pensées qui s'éloignent de mon activité professionnelle, mes soucis que j'oublie, j'arrive enfin à être sereine pour quelques heures. Ces moments je les vole à mes cauchemars, à ma vie tourmentée. Je ne suis pas une femme désireuse de faire des conquêtes faciles, je suis mariée, je ne suis encore moins voyeuse. Les choses doivent être claires ! Si vous venez souvent ici nous avons peut-être un point commun. Nous pourrions nous entraider, défricher quelques problèmes entrevoir un peu un de ciel bleu, contempler un coucher de soleil et trouver des réponses à nos problèmes si c'est cela qui vous pousse aussi à venir ici. J'aime mon mari et la nature, aussi fort que je haie les gens qui veulent me faire du mal.

Je relus plusieurs fois ce papier. Etais-je entrain de déclencher une bombe à retardement, où allait me mener tout cela ! Je ne pouvais plus faire marche arrière. Je n'avais qu'à jeter la barrette me débarrasser du mouchoir rien ne m'était imposé, et pourtant mon instinct me disait, va jusqu'au bout de ton idée. Et pourquoi pas ? J'avais moi-même besoin d'une âme sœur, en dehors de ma femme que j'aimais beaucoup.
Comprendre ce qu'une épouse ne comprend pas, arriverait-elle à me l'expliquer, pourquoi pas ! Une multitude de choses

s'entrechoquaient dans ma tête. Arriverait-on peut-être à se comprendre, voir la vie un peu moins noire, qui sait ?

J'ai relu votre mot, il a été suffisamment clair pour ne pas faire naître des ambiguïtés sur notre désir commun de se rencontrer.
Je cherche également à refaire surface et à reprendre goût à la vie. Dimanche matin si vous le désirez.

P.-S. Je suis également marié et j'aime ma femme.

Pourvue qu'il fasse beau. L'impatience me gagnait, interminable cette semaine, je comptais les jours. Ma femme me trouva préoccupé.
- Ça va ? Ton travail, t'es soucieux.
- Quelques réorganisations, ennuis passagers ne t'inquiètes pas, je me réadapte.

Le jour s'était levé un peu palot et les oiseaux encore endormis, seules quelques rousserolles babillaient déjà dans les roseaux.
Elle ne viendra pas et elle s'imagine que je suis en chasse, évident. Malgré des pensées bizarres, mon cœur palpitait. Une branche m'avait écorché le bras, je me tordis la cheville en me rattrapant et me rétablis d'un coup d'épaule contre un arbre. Quelqu'un était là.

Au bruit, elle se retourna, étonné et anxieuse.
Je vous ai effrayé, excusez, un peu plus, je me foulais le pied.
- Axel ?
- Oui, vous êtes Lou ?

Nous avions du mal à casser la glace, nous étions nous imaginé autrement ? L'attrait du nouveau, la curiosité. Elle était là, plus la peine de faire marche arrière, il faut aller de l'avant, me dis-je.
- Vous. Enfin, je puis vous tutoyer ?
- Oui, timide.
- Un oui bien pâle, mais qui me rassura. Jamais facile les premiers mots et prenant un peu d'assurance, j'entrepris la conversation.
- Vous avez donc lu mon petit mot. Vous, venez ici, comme moi, rêver dans ce coin idyllique ?
- Un peu philosopher, faire le point sur ma vie. J'aime tellement sortir, rêver, voir d'autres choses fuir la télé, les gens et la famille : quelle plaie!
- Vrai, j'étais un peu culotté de vous fixer un rendez-vous, mais c'était plus fort que moi.
- Je dois dire que j'étais également curieuse, et on demande de l'aide, on perd un peu les pédales, alors, on s'accroche à ce qu'on a à sa portée, un brin de vie, un regard, une espérance.

- C'est peut-être ce point commun qui nous a poussé l'un vers l'autre.
- Tu n'es pas obligé de rester planté là, je sais que tu aimes aussi t'asseoir.
- Tu sais beaucoup de choses, tu m'as épiée.
- Non, mais je suis un observateur. Un naturaliste doit avoir ces qualités là. J'avais remarqué que l'herbe était tassée à l'endroit où je m'asseyais aussi. C'est beau ici.
- Oui en plus on se régénère, je crois beaucoup en ces lieux magiques où les ondes sont bénéfiques. Et toi ?
- Moi, pour rien cacher j'y viens d'abord en tant que naturaliste, j'aime tout ici. Tu sais, le marais, l'homme en est sorti, comme la libellule, elle y aura vécu sous l'eau, monté le brin d'herbe, gagné l'air et la liberté. La liberté est si fragile et on en a besoin de cet équilibre, j'ai des gros problèmes de couple en ce moment, mon mari que j'aime pardessus tout pense que je le trompe, ce qui est bien entendu faux. Ces suppositions il les fonde sur un corbeau qui essaye de me faire chanter.
- Qui est-il, ce corbeau ?
- Je l'ignore, il me traque connaît quelques bribes de ma vie, sans plus mais les exploites, téléphone, retéléphone et cela à n'importe quelle heure et le téléphone, je suis obligé de le laisser branché, j'en ai besoin professionnellement changer de numéro n'est pas une chose facile, je devrais contacter tellement de gens et ça me coûterait cher.

- As-tu tenté d'analyser ton entourage.
- En vain, rien, pas le moindre indice.
- Et toi ?
- Moi, je viens ici pour le plaisir, j'ai été malade, je m'en suis bien sorti, mais je doute des gens que je côtoie : famille, travail, je ne les sens plus avec en plus un sentiment d'abandon. T'es devenu étrange, m'a dit ma femme, où est ta joie de vivre?
Je lui ai répondu que j'avais besoin de faire le point, un arrêt sur image, retrouver mes repères.
- T'as été malade, l'endroit est bon pour se ressourcer. C'est drôle le sentiment que j'ai, l'impression que l'on se connaît depuis longtemps.

- Je fais surface comme la libellule qui termine sa mue, et va, envole-toi, le bonheur.
- Je ne peux pas en dire autant, cette personne qui me veut du mal me déstabilise, je lui ai répondu quelques fois au téléphone, il cerne bien mon tempérament, il sait que je ne puis m'empêcher de répondre, et il sent que j'ai la force de l'affronter.
- Un pervers, un fou ?
- Non, il suppose, il devine, il sent, il bluff et me déstabilise. Vrai que dans ma vie de couple on a des moments de doute, et il est tombé à pic, là où il ne devait pas atterrir. Il rentre dans mes fantasmes, dans ma conscience, c'est mon aiguillon. Sûr, mon mari devient

froid, il sent des choses, et pourtant je n'ai rien fait de mal. Mes nuits sont hantées par des rêves les uns plus tordus que les autres, ils me poursuivent tellement qu'ils me paraissent réels. Je t'embête avec mes histoires ?
- Pourquoi dis-tu cela, j'ai aussi eu mes démons, ils m'ont hanté lorsque j'étais malade, on franchit le cap et on oublie. Ce qui paraissait difficile à vaincre devient anodin, l'évidence.
- Comme on est faible, vulnérable, j'ai promis de rentrer tôt.
- Ton mari sait où tu vas ?
- T'as peur ?
- Non.
- Il sait que je sors changer d'air, lui, il n'aime plus les sorties. Il me laisse libre, il n'aime pas les oiseaux en cage. Alors je lui dis que je sors, c'est tout ! J'ai déjà eu peur seule mais on se rassure en se disant que tout cela n'est que fantasmes. J'ai quand même eu quelques craintes avant de te rencontrer. A la teneur de tes mots, je sentais que tu ne dupais pas et que je n'avais pas affaire à un détraqué, et la curiosité féminine aidant, alors on devient impatiente.
- Je pars sinon, je n'arriverai plus à partir.
- Lou, reviens dimanche, j'en ai besoin.
- Moi aussi.

Le temps, toujours le temps qui s'égrène si lentement, enfin une nouvelle semaine.

J'étais impatient, il n'y a pas que les femmes qui sont curieuses. J'allais mieux et cette femme ou peut-être l'aventure me stimulait.

- Lou !
Elle avait petite mine, l'intonation de ma voix l'appelant trahissait mon étonnement. Ça va ?
- Pas terrible, je ne dors presque plus, j'ai peur de devenir folle. Je n'arrête pas de faire des cauchemars. Je suis fatiguée. Tu comprends ça ? Vidée. Ces appels anonymes commencent à semer le trouble dans mon couple. Mon mari commence à douter de ma fidélité. S'il savait comme je l'aime. Le corbeau me déstabilise. Il sait peu de choses sur moi et pourtant, lorsqu'il me téléphone, il me semble des fois savoir, et dit des choses comme s'il me connaissait très bien, il n'est même pas odieux. Il a une voix calme, posée, il commence à me faire peur. Des jours, j'ai l'impression qu'il est tout près de moi qu'il me viole cérébralement.
Mon mari ressent mon trouble, il apparente cela au fait que je me sens mal, culpabilisée par un pseudo liaison avec un amant imaginaire. Les nuits, je psychote, je ne trouve pas le sommeil et quand je sombre, je rêve des

choses folles, mon cerveau me créé une atmosphère bizarre. L'autre nuit, étrange rêve ... J'étais un grand corbeau, la bataille avait fait de nombreux morts les champs de bataille étaient jonchés de cadavres, de nombreuses oriflammes déchirées flottaient, les ombres fauves des aurores se reflétaient, des ombres violettes, des cadavres, cadavres découpant des formes dantesques sur une toile de fond, un désastre humain, le chaos, déchirés entre eux, ils avaient payé de leur corps, l'odeur de mort planait, je m'excitais à l'idée de nettoyer ces corps et de me repaître manger... ces chaires qui ne vivaient plus, mon travail de fossoyeur aérien débutait. A quoi servaient ces corps, à vous nourrir, plus à rien pourquoi laisser une telle aubaine, qu'en feraient-ils de ces corps inutiles. Je m'approchais, un corps bougeait encore, je n'en profiterais pas et jetais un coup d'œil du coté de ceux qui ne bougeaient plus les entrailles jonchaient inutile charcuterie de cette inutile boucherie humaine. Mon cri de plaisir avait ameuté les copains venus de castes différentes, quand il y a à manger, on n'a plus de frontière, plus de clan, on mange, on arrache le morceau avant d'être chassé, avant que les survivants n'enterrent les restes de l'imbécillité humaine. Fiers soldats, je les admirais, plein de couleurs, bombant le torse, marchant au son du tambour en battant la campagne. A présent inanimé, ils ne servent plus qu'à nos repas à nos estomacs affamés. Nous n'étions pas les seuls, des hommes dans le désespoir abandonnés, affamés mangeaient les restes de leurs congénères, pourquoi pas nous ?

Tu comprends pourquoi je te disais, avoir peur de mes rêves.
- Ne t'inquiètes pas, un rêve ne reste qu'un rêve, et c'est une bonne thérapie. Notre cerveau fait ce qui lui plaît, il sait aussi se soigner, la nuit, il recherche l'équilibre. On tue, on viole en rêve, c'est la soupape de sécurité. N'aie pas peur, au contraire, il essaye de te faire retrouver ta paix intérieure.
- Mon équilibre est foutu, foutu depuis que ce corbeau me téléphone jour et nuit. Avec le boulot de mon mari, je ne peux même pas me mettre aux abonnés absents, impossible de changer de numéro. En plus il n'en a nullement envie et estime que c'est mon problème. Il s'en fout, il peut dormir, souvent absent la semaine pour son travail. Un hôtel loin de tout, il dort, moi, je reste avec mon téléphone et ce type qui me veut du mal.
- Ne vas pas jusque-là !
- Il ne me veut pas du bien.
- Ça pourrait être quelqu'un de ton entourage, t'as déjà essayé par des croisements, recouper des identités, des indices.

- Il est malin, lorsque je parle trop, il se tait. Lorsque j'essaye de lui extirper quelque chose, il bloque la conversation.
- Et sa voix ?
- Inconnue, même les intonations.
- Des amis de tes copines, je ne sais pas, les gens que tu connais peut-être de loin ?
- Rien !
- N'as-tu pas peur que ton mari se rende compte que l'on se voit ici et que tout tourne au vinaigre ?
- J'y ai pensé. Je n'ai plus rien à perdre, il faut que je trouve qui est ce corbeau et pourquoi il me harcelle, je sais que tu peux m'aider.
- Fais le craquer !
- J'ai déjà essayé, il est fort, il s'amuse, il est méthodique, méchant, froid comme un serpent, calculateur comme un malade.
- Tiens le coup, il finira par lâcher.
- Pour l'instant c'est lui qui me tient.
- Je voyais dans ses yeux une lueur qui chancelait et lui devait assistance.
- Je suis là, j'ai l'impression que ce combat devient un peu le mien. Il t'a jeté un défi, je le relèverais pour toi avec toi.
Me sentir utile, la soutenir, un point qui nous unissait.
- Laisse-moi encore un peu de temps, j'aimerai penser à tout cela calmement et construire une stratégie.
- T'es gentil. Je dois partir.
Elle m'embrassa.

- A dimanche ! Et elle disparut dans le décor verdoyant.

- Ce baiser m'avait cloué au sol. Je commençais à reprendre mes marques son combat était-il devenu notre combat. Elle me redonnait goût à la vie me faisait revivre, moi qui étais devenu si indifférent, au froid, à l'amour, Lou amitié, une deuxième vie ?

Les roseaux ondulaient, mes pensées divaguaient, elle était un peu à moi, je l'espérais secrètement, je ne croyais ? Avais-je perdu la tête, moi qui me croyais stoïque, la lame de la douleur m'avait fait comprendre la brièveté de la vie. Pourquoi se déclarer si fort quand on ne peut se laisser glisser vers ce velouté de caresses, comprendre, c'est risquer, et risquer également de se compromettre de découvrir sa propre face cachée, ses fantasmes, son propre cachot. On s'attache, épris, mépris de son propre destin, on se laisse aller vers ce tourbillon qui vous aspire, Lou entre le réel, le désir, je mettais un mot, un nom sur ce visage. Quand reviendras-tu, tu me manques et pourtant le doute, la pudeur, l'éducation et toutes ces choses dont on ne peut se libérer si facilement. Je pars, je divague et pourtant ce rêve si réel me faisait dire que j'avais bien pesé le pour, le contre de ce sentiment naissant, est-ce le corbeau qui faisait naître ce sentiment de paternalisme, était-ce un fantasme, étais-je jaloux de ce corbeau qui avait de l'emprise, un pouvoir qui m'échappait encore, une ombre que j'allais braver avec ma force d'aimer, de dissiper ces nuages et découvrir une image de douceur la caresse d'un mot, la force de la tendresse le parfum d'un sentiment et des choses indéterminées m'échappant. Etais-je allé si loin dans son âme à avoir peur de ne plus trouver d'issue. Et cette petite lueur qui me permettrait de la sortir de sa torpeur de ces loin rêves si sombres.

Je pensais déjà à elle tout le long de la semaine à ses problèmes que je tournais et retournais. Ma femme s'était habituée à présent de me voir soucieux et mettait ça sur le compte du travail. J'avais un métier prenant et elle ne s'inquiéta pas plus. Je ne voulais pas lui faire de mal, je l'aimais trop, mais pour l'instant je m'intéressais à autre chose et sans m'en rendre compte Lou était rentré dans mes rêves. L'avais-je rejoint dans ses cauchemars ? M'avait-elle redonné goût aux choses simples de la vie chassé mon blues ?

Ta main contre moi, contre mon cœur, je tourne, je m'envole, tu fais partie de mes rêves tu me hantes. Tout cela me perturbait pourquoi cette femme l'aimais-je d'un amour paternel. Elle me redonnait la force par son combat, me retrouvais-je par elle en elle. Une certaine complicité se forgeait, un amour je n'osais prononcer ce mot sans que ça me fasse peur. Jouer avec ces choses là, jeux risqués, attrait et peur du danger deux choses qui s'opposaient comme les deux pôles d'un aimant. Ces cauchemars ... Devenait-elle folle, suis-je de taille pour l'aider ne va-elle pas m'entraîner dans sa chute.

Que la semaine fut longue ? Je cheminais le long des haies odorantes, elles me rappelaient l'odeur de ses cheveux, son goût de mousse fraîche, de la découverte de ses charmes, glissement le long de ces fines branches fraîches et originelle de cette verte chevelure foliaire.

Elle était déjà là, elle m'avait attendu. Elle m'embrassa.
- Que c'est bon de se revoir ! Tu me rassures, je me sens mieux. J'ai récupéré un peu de sommeil, cette semaine, j'ai fait un peu de ménage dans ma tête et le travail quotidien m'a accaparé pour le reste. Mais, j'ai fait un rêve étrange : une pie s'était posée sur le rebord de la fenêtre, elle me regardait, comme si elle convoitait quelque chose. Elle ne bougeait pas. Je l'observais un bout de temps,

la brillance de ses plumes ses reflets noirs et verts et son iris noir qui me toisait. Je me retournais pour reprendre mon activité. Soudainement d'un coup d'aile rapide elle pénétra dans ma cuisine et s'empara de mon alliance que j'avais déposée sur la table le temps de faire la vaisselle. Envolée ma bague ! Et ça le temps de dire ouf !

- Ne t'inquiète pas, le cerveau s'affole par moments et ramasse des débris de nos existences pour créer par une alchimie onirique de sordides histoires. Il interprète librement, nos craintes, nos peurs, nos joies, les non-dits, nos espérances.

- Lorsqu'on souffre, on est sensible à tout, et il y a l'autre, le corbeau celui qui m'embête.

- Il t'a rappelé. Décroche, fais le craquer provoque-le. Il te hante que parce que tu en as peur. Donne-lui un rendez-vous. Je suis là, je te soutiens, je te protègerai. Il faut casser ton phantasme. Qu'il craque, qu'il oublie, qu'il perde ses moyens, menace-le de te plaindre à la police, attaque-le, ça te donnera l'impression de ne plus le subir, mais de réagir.
- Avec toi, tout paraît si simple, si facile.
- C'est parce que j'ai appris à me battre contre mes propres démons. Et les ennemis de ceux que j'aime sont aussi mes ennemis. Un je t'aime, m'échappa instinctivement !

On se revoit ?
- Dimanche !

- Son mari se sentait de mieux en mieux, il la trouvait plus sereine plus combattive et leur couple se ressouda lentement après ces violentes blessures.
- Moi, coupure oblige, je voyais les choses plus clairement, j'arrivais à redécouvrir ma femme à apprécier ses qualités ou plutôt à moins voir ses défauts.
Lou m'avait ouvert les yeux, je me sentais aussi plus fort.

Et vint dimanche elle se blottit contre moi, ses petits seins moites se collèrent contre mon épaule, une impression de gêne mêlée d'un sentiment d'exclusivité. Elle s'était livrée à moi avec cette confiance aveugle. J'étais troublé, l'amant heureux mais restai pensif un long instant de telle sorte que Lou me demanda ce que j'avais.
Je la pris dans mes bras, elle tremblait d'émotion. Son parfum suave me fit perdre la tête, caressant son corps, j'en pris possession. Un cri de plaisir, un souffle, expulsant ses malheurs et sa rage de vivre l'exorcisa.

- Notre matinée s'acheva rapidement.

- A dimanche. Et qu'il craque !

Et la magie s'opéra, le corbeau se calma, ses coups de fils devinrent plus espacés, s'était-il senti épié lui aussi, perdait-il son emprise sur Lou et elle qui ne s'inquiétait plus comme avant. Elle avait changé, il avait dû le deviner dans sa voix, le jeu ne l'excitait plus. Les coups de téléphone devinrent moins arrogants, déstabilisé le corbeau finit par lâcher sa proie.

Lou était revenue à l'endroit de nos rencontres, on s'appréciait, mais l'amour était ailleurs, chacun chez soi. Les choses avaient repris leur cours. Et Lou par mes conseils porta plainte mit sa ligne sur écoute, ce qui finit par rassurer complètement son mari.

Le corbeau n'était qu'un minable en quête de sensations fortes, un pervers qui allait se faire soigner ou purger une peine. Il avait pris sa ligne au hasard, s'était pris au jeu, un jeu malsain qui a failli coûter la vie d'un couple et peut-être plus, ne mesurant pas la gravité de son geste.

On décida d'oublier tout ça.

Je retrouvai ma femme que j'aimais.

Cette escapade avait mis en exergue nos vraies valeurs. Lou repartit heureuse de m'avoir rencontré et de s'être libérée du corbeau.

Que le ciel ne porte plus tes ailes décharnées, qu'il te précipite dans les abîmes t'engluant dans ta propre fange !

Au diable corbeau !

L'onde de son frémissement retrouva la sérénité, les grands arbres s'immobilisèrent, la faune se fit oublier et moi d'un pas feutré disparu, heureux.

DU MÊME AUTEUR

<u>Poésie</u> :
REMANENCE Poèmes et photos
CRISTAL NOIR Poèmes et photos Chez BoD

<u>Romans</u> :

Je vous ai déjà vue. Chez St Honoré
Woolf le chien qui savait lire. Chez BoD
Dans les talons aiguilles de maman. Chez BoD
Les dessous de l'Est. Chez BoD
Noir Corbeau. Chez BoD